KB207317

창비시선 91

정 희 성 詩 集

한 그리움이 다른 그리움에게

창비

차 례

제 1 부

제 2 부

제 3 부

제 1 부

한 그리움이 다른 그리움에게
청 명
고척동에서
옹기전에서
친구에게
우리들의 그리움은
용산시장에서
白影先生 回甲에 부쳐
그리움 가는 길 어디메쯤
雨田先生 七旬의 날에
울엄니 나를 낳아
침 묵

한 그리움이 다른 그리움에게

어느날 당신과 내가
날과 씨로 만나서
하나의 꿈을 엮을 수만 있다면
우리들의 꿈이 만나
한 폭의 비단이 된다면
나는 기다리리, 추운 길목에서
오랜 침묵과 외로움 끝에
한 슬픔이 다른 슬픔에게 손을 주고
한 그리움이 다른 그리움의
그윽한 눈을 들여다볼 때
어느 겨울인들
우리들의 사랑을 춥게 하리
외롭고 긴 기다림 끝에
어느날 당신과 내가 만나
하나의 꿈을 엮을 수만 있다면

<세계의 문학 · 1979>

청　　명

황하도 맑아진다는 청명날
강머리에 나가 술을 마신다
봄도 오면 무엇하리
온 나라 저무느니
버드나무에 몸을 기대
머리칼 날려 강변에 서면
저물어 깊어가는 강물 위엔
아련하여라 술취한 눈에도
물 머금어 일렁이는 불빛

<세계의 문학・1979>

고척동에서

머리 둘 곳 없는 고척동
여인숙에서 뜬눈으로 밤을 새우고
새벽이 오기 전 우리는
남은 몇 모금 소주로 목을 축여
네 이름을 부른다
밤이 우리들을 갈라놓은 뒤
얼마나 오랜 시간이 흘러갔는가
더디고 더딘 새벽이여
새벽의 친구여
공화국의 밤은 깊고 깊어
별은 저리 총총하고
하늘 밑 외롭고 적막한 막바지길에
우리를 이렇게 세워두는구나
담벼락에 기대 너를 기다리며
차마 바라보는 구치소의 불빛
눈시울 뜨거워라

<월간독서 · 1979>

옹기전에서

나는 웬지 잘 빚어진 항아리보다
좀 실수를 한 듯한 것이 마음에 들었다
아내를 따라와 옹기를 고르면서
늘 느끼는 일이지만
몸소 질그릇을 굽는다는
옹기점 주인의 모습에도
어딘가 좀 빈데가 있어
그것이 그렇게 넉넉해 보였다
내가 골라놓은 질그릇을 보고
아내는 곧잘 화를 내지만
뒷전을 돌아보면
그가 그냥 투박하게 웃고 섰다
가끔 생각해보곤 하는데
나는 어딘가 좀 모자라는 놈인가 싶다
질그릇 하나를 고르는 데도
실수한 것보다는 차라리
실패한 것을 택하니

<17인 신작시집, 우리들의 그리움은 · 1981>

친구에게

너를 기다린다 나의 오랜 친구여
서대문구 현저동 101번지
나는 어둠이 오는 길목에 서서
너를 가둔 감옥의 을씨년스런 벽을 보며
오후 다섯시 반의 애국가를 듣는다
모든 사람들이 걸음을 멈춘
이 삼엄한 정지태의 한순간에
오히려 심장은 강하게 뛰고 있음을
나는 느끼며 두려워한다
두려움 없이 네 이름 부를 수 없고
두려움 없이 너를 밝힐 수 없다
몸은 노동의 고통으로 쇠약해지고
마음은 굶주리는 가족에 대한 염려와
차가운 겨울의 분노로 얼어붙을 때
오직 한 가지 뜨거운 해방의
꿈만으로 마음과 몸을 덥히며
시골에서 공장에서

신문사 앞에서 법원 뜰에서
서성대며 너를 기다리는 동지들을
타오르는 불꽃들을 나는 본다
누군들 두려움 없이
국기 앞에 설 수 있으랴
짓밟혀 쫓겨가는 길목마다
가슴 찢어 두려운 네 이름 새기고
타오르는 온몸 어둠에 던져
너를 부른다 자유여 나의 오랜 친구여

<동아투위 회보・1980>

우리들의 그리움은

우리들의 믿음은
전쟁이 지나간 수수밭
죽은 내 형제의 머리맡에
미군이 벗어놓은
군화 속에 있지 않고

우리들의 소망은
끝끝내 결재되지 않을
보수정당의 서류함에 있지 않고

우리들의 사랑은
알 수 없는 기도와
못다 한 노래에만 있는 것은 아니다

아직도 우리들의 울음은
이 봄에 생생하게 피어날
보리밭에 있고

시퍼렇게 시퍼렇게
물어뜯긴 선창과
파리하게 떨고 있는 공장의
캄캄한 불빛 속에 있어

우리들의 사랑은 다시금
순환하는 계절의 저 눈밭에
봄이 와서 붉게 피어날 진달래와
참호 속에 얼어붙은 젊은 기침과
돌이킬 수 없는 절망 속에 싹터

그리움은 이다지도
시퍼렇게 멍든 풀잎으로
너와 나의 가슴 속에 수런대는가

오오 민주주의여

<민중문화 · 1980>

용산시장에서

어느 여성근로자의 일기

공장은 문을 닫았다
가진 것이라곤 노동밖에 없는 우리
꼬쟁이의 모가지는 열두 개
상처마다 옹근 매듭 아리고 쓰리어라
눈물 고인 눈으로 서로를 바라보며
모두들 열심히 살아가자며
용산시장 골목길을 빠져나가네
어디서들 이렇게 흘러왔는지
너무도 많은 사람들이 등을 떠밀고
떠밀리며 듣는 저 아우성과
발끝마다 질척이는 비릿한 냄새
철교 위를 지나는 기차소리는
멀고 먼 고향길을 달려가는가
용산시장의 공기는 끈끈하여
차마 우리의 발길을 붙드는구나
노동밖에는 팔 것이 없는 우리
꼬쟁이의 모가지는 열두 개

저마다 자기들의 상품을 놓고
내일을 향해 외쳐대는 아우성이
어쩌면 재미있는 노래일 수 있으련만
삶이란 역시 힘겨운 것일까
노동판에서 돌아와 지게를 받치고
국수그릇 앞에 쭈그려 앉은
저 사람들을 보며 우리는 이제
어디다 대고 무릎을 꿇어야 하나
처음엔 쳐다보기도 싫던 그 모습
어느덧 아버지의 얼굴로 떠오르며
모두들 그렇게 꺾여서는 안되느니
힘을 합쳐 열심히들 살아가라고
당부하면서 눈물 속에 흐려지면서

〈엘레강스·1980〉

白影先生 回甲에 부쳐

일찍이 백영의 그늘 밑에서
글을 배우고 음률을 익혀
내 또한 선생의 뒤를 따라
한국문학사의 한 소절을 이으리라
다짐하여 보내왔던 한 시절은
아아 아늑했던 꿈결이어라
불운한 시대의 거센 바람이
내 이웃과 친구들의 대지를 찢고
나를 휘몰아 가시밭에 던졌을 때
상처받은 날개로 퍼득이면서
가까스로 힘겹게 돌아왔거니
옛 둥지는 부서져
깃들일 곳 없네

영욕이 제게 달렸거니
달리 무엇을 탓하리
다만 한 가지 서글픈 것은

선생의 높은 뜻을 잇지 못한 일
회갑이 다 되도록 십여 성상을
산을 보듯 먼빛으로 선생을 바라
한 번도 그 품에 가 안기지 못한 채
외지고 험한 길을 걸어가면서
이렇게 한 줄 글로 아픈 마음 달램이여
오늘 이 기쁜 날을 맞아
웬일로 나는 눈시울이 뜨거웁네
천박한 재주로
달리는 공양할 길이 없어
격없는 노래로 엎드려 절하노니
선생께서 내내 만수무강하시기를……

<白影 鄭炳昱선생 회갑기념논문집・1982>

그리움 가는 길 어디메쯤

오월 어느날 그 길가
설운 세상 살던 사람 쓰러져
아지랑이 펴오르고
이상도 해라
웬일로 눈시울 붉은
꽃잎 하나 지고 있다
나의 사람아
그리움 가는 길 어디메쯤
더러는 피어 있는
진달래도 있어
피맺힌 너의 넋을 만나도 보리

<마당 · 1981>

雨田先生 七旬의 날에

북한산 한 가닥 흘러내려와
옛 궁성 담을 둘러 마을로 들어선 곳
사간동 그 어름에 푸른 구름이여
천세의 근심 옷자락에 날려
바람으로 일어서 시를 읊느니
온 천지 먼지 일궈 따르는 무리
세월의 다름이야 그렇다 쳐도
그 마음 깊은 뜻을 어이 다 펴리
굽이 잦은 인생길 톺아 가면서
한세상 남의 하늘 떠돌던 바람
스스로 믿는 바를 지켜온 터라
세속 밖에 홀로 우뚝하여라

<雨田 辛鎬烈선생 고희기념논총・1983>

울엄니 나를 낳아

울엄니 나를 낳고
해방이 되니
이제는 좋은 세상
찾아올랑가
정한수 떠놓고
빌고 빌더니
어쩌다 허리는
다치셨는지
꾸정물은 나가고
맬강물 들오라고
어린 시절 모래톱에
새긴 노래여
이리를 쫓고 나면
승냥이가 막아 서니
울엄니 나를 낳아
이런 세상 살라고
아버지를 땅에 묻고

억새처럼 쇠셨는가
사월 가고
오월 오니
외진 땅 쑥구렁에
내 형제를 내가 묻고
서른아홉 이 나이
뫼살이로 지낸 세월
무덤가 욱은 쑥만
쥐어뜯느니
울엄니 나를 보고
잘한다고 하실랑가
울엄니 나를 보고
잘 산다고 하실랑가

<기독교사상 · 1983>

침　　묵

수업이 끝나기 전에
시간을 주어도 아이들은
질문을 하지 않는다
질문이 없는 교실로
낙엽은 날아들고
누구의 입에선가 새어나온
짧은 탄성 한마디로
눈시울이 붉어진 가을
가을만이 확실한
우리들의 감동이다
메마른 몇 개의 낱말과
눈먼 문법으로 어떻게
우리들의 삶의 깊이를
측량할 수 있으랴
만약에 침묵이
이 세상을 사는 우리들의
유일한 대답이라면

비본질적인 질문으로 더 이상
아이들을 괴롭히지 않으리라
아아 말 못할 우리들의 시대
이루지 못한 꿈의 빛깔로
낙엽은 저렇게 떨어져
가을은 차라리
우리들의 감동이다.

<한샘 · 1983>

제 2 부

8·15를 위한 북소리

북을 치되 잡스러이 치지 말고 똑 이렇게 치렷다
쿵
부자유를 위해
쿵딱
식민주의와 그 모든 괴뢰를 위해

하나가 되려는
우리들의 꿈
우리들의 사랑을 갈라놓는
저들의 음모를 위해
쉬
저들의 부동산과 평화로운 잠을 위해

쿵
우리들의 피어린 희생을 위해
가진 것 없는 우리
하나뿐인 영혼

하나뿐인 몸을 던져
쿵

외진 땅 서러운 아들딸들아
아닌밤 네 형제가 없어져도
북채 잡고
세상의 모든 압제자를 위해
눈물 삼켜
딱 한번
쿵

북을 쳐라
한밤이 가까워오면
돌고 도는 지구도 제자리를 바꾸고
파수꾼은 우주의 시계판 위에
시간의 흐름을 표시하리니
사람들은 잠에서 깨어나고

때가 되면 우리들은 우리의 할일을 하게 될 것

북을 쳐라
새벽이 온다
새벽이 오면 이방인과 그 추종자들이
무서움에 떨며 물으리니
누가 아침으로 가는 길을 묻거든
눈 들어 타오르는 해를 보게 하라
오오 영광 조국
동방에 나라가 있어
거기 사람이 살고 있다 하라
때가 오면 어둠에 지친 사람들이
강변으로 나가 머리를 감고
밝은 웃음과 사랑 노래로
새로운 하늘과 땅을 경배하리니
북을 쳐라
바다여 춤춰라

오오 그날이 오면

겨울이 우리에게 가르쳐준

모든 언어, 모든 은유를 폐하리라.

<17인 신작시집, 마침내 시인이여 · 1984>

겨울에 쓴 짧은 편지

귀여운 내 아이들아
느이들하고 놀아주도 못하고
애비가 어디 가서 오래 못 와도
슬퍼하거나 마음이 약해져선 안된다
외로울 때는 엄마랑 들에도 나가보고
봄이 오는 소리를 들어봐야지
바람이 차거들랑 옷깃 잘 여며
감기 들지 않도록 조심도 하고……

〈17인 신작시집, 마침내 시인이여 · 1984〉

넋 두 리

시만 쓰면 다냐
살림이 기우는데
시만 쓰면 다냐
공자 말씀에 토나 달고 앉아서
술잔에 코를 박고 졸기나 하고
남들이 술값 낼 때
구두끈만 매면 다냐
나라가 꼬이면
말이 어지럽고
말이 헷갈리면
넋도 달아나느니
네 말은 뉘 집 개가 물어 가서
거렁뱅이 맨발로 떠도느냐
헷갈리지 마라, 아무리 생각해도
확실하지 않은 것은
한국어가 아니다.

<17인 신작시집, 마침내 시인이여 · 1984>

길

아버지는 내가 법관이 되기를 원하셨고
가난으로 평생을 찌드신 어머니는
아들이 돈을 잘 벌기를 바라셨다
그러나 어쩌다 시에 눈이 뜨고
애들에게 국어를 가르치는 선생이 되어
나는 부모의 뜻과는 먼 길을 걸어왔다
나이 사십에도 궁티를 못 벗은 나를
살 붙이고 살아온 당신마저 비웃지만
서러운 것은 가난만이 아니다
우리들의 시대는 없는 사람이 없는 대로
맘 편하게 살도록 가만두지 않는다
세상 사는 일에 길들지 않은
나에게는 그것이 그렇게도 노엽다
내 사람아, 울지 말고 고개 들어 하늘을 보아라
평생에 죄나 짓지 않고 살면 좋으련만
그렇게 살기가 죽기보다 어렵구나
어쩌랴, 바람이 딴 데서 불어와도

마음 단단히 먹고

한치도 얼굴을 돌리지 말아야지

<17인 신작시집, 마침내 시인이여 · 1984>

붉은 꽃

어디쯤일까 어디쯤일까
그리움 가는 길에 발돋움하고
누구를 향한 마음에
이렇게 몸부림쳐 붉은 꽃일까
먼발치로 사라지는 세월을 두고
한세상 마당귀에 불을 지르네

<畫題 · 1984>

기 도

까르데날 신부의 「시편」에 의지하여

내 경건한 마음으로 청하노니
들어주소서 자유의 신이여
오직 뜨거운 해방의 꿈만으로 평생을 싸워온 동지들을
저들의 차디찬 감옥에서 놓여나게 하소서
북간도도 쥐구멍도 없는
저들의 폭정에
의지가지없이 떠도는 형제들이
당당하게 당당하게
우리들의 식탁으로 돌아오게 하소서
저들의 총칼 앞에
무릎 꿇을 우리 아니오매

——떨리는 음성으로 간구하오니
기도에 서툰 나의 혀가
또다시 어설픈 기도를 하지 않게 하소서

<성내운선생 화갑기념논총 · 1987>

退老春頌

碧史 李佑成先生 回甲을 맞아

미르벌* 옛집에 심근 매화가
선생과 한평생을 지내 왔거니
푸르고 푸른 그 열매에 술이 스며
退老春*이 되었네
그윽하여라 그 향기
棲碧山莊*에 가득하니
술맛을 아는 이는 다 모여들어
한껏 취하나 취할수록 깨어나고
깨어나 듣는 그 말씀에 다시 취하네
넉넉도 해라
바위인가 하여 기댔더니
웬 소년이 웃고 있나
退老春 그 이름이 아무리 젊다 해도
선생보다 더 젊으랴

<1985>

*미르벌 : 밀양
*退老春 : 선생이 사는 마을 이름이 退老인바, 집 뜰에서 있는 매화나무에서 딴 열매로 담근 술을 일컬음. 늙음을 물리치고 늘 젊다는 뜻이 담김.
*棲碧山莊 : 당호

눈 덮인 산길에서

눈이 내리네
바람 맞서 울고 섰는 나무들이
눈에 덮이네
그대와 걷던 산길
북한산 기슭의 그 외딴 숫막
함께 앉던 그 자리에도
눈이 내려 쌓이네
한 해가 저물고 또 한 해가 와도
굳은 맹세 변함 없건만
괴로워라 지금 여기 없는 그대를 위해
나는 술잔을 채울 뿐
눈이 오는 날은
울고 싶어라
그러나 기약한 그날은 갑자기
눈처럼 오는 법이 없기에
빛나는 아침을 위해
나는 녹슨 칼날을 닦으리

눈보다 차갑고

눈보다 순결한 마음으로

깊이 깊이 사랑을 새겨두리

<럭키금성 · 1986>

판화가 吳潤을 생각하며

오윤이 죽었다 야속하게도
눈물이 나지 않는다
나이 사십에 세상을 뜨며
친구들이 둘러앉아 슬퍼하는 걸
저도 보고 싶진 않겠지
살 만한 터를 가려
몇 개의 주춧돌을 부려놓고
잠시 숨을 돌리며
여기다 씨 뿌리고
여기다 집을 짓고
여기다 큰 나라 세우자고
그가 웃으며 말하는 것처럼
아직도 나는 생각한다
이것이 나의 믿음이다
그는 바람처럼 갔으니까
언제고 바람처럼 다시 올 것이다
험한 산을 만나면

험한 산바람이 되고
넓은 바다를 만나면
넓은 바닷바람이 되고
혹은 풀잎을 스치는 부드러운 바람
혹은 칼바람으로 우리에게 올 것이다
이것이 나의 믿음이다
그가 칼로 새긴 언어들이
세상을 그냥 떠돌지만은 않으리라
그의 주검 곁에
그보다 먼저 와서 북한산이 눕고
그리고 지리산이 누워 있다
여기다 큰 나라 세우려고
그는 서둘러 떠나갔다

<1986. 7. 5>

눈보라 속에서

오늘처럼 눈보라가 치는 날이면
겨울바다가 보고 싶다는
아내의 말을 떠올리며
나는 원고를 들고 마포길을 걸어
제 이름도 빼앗긴 출판사로 간다
낯익은 이 길이 웬지 낯설어지고
싸우듯 빰을 부비듯 휘몰아치는 눈보라 속에서
나는 눈시울이 뜨겁구나
시는 아무래도 내 아내가 써야 할는지도 모른다
나의 눈에는 아름다움이 온전히
아름다움으로 보이지가 않는다
박종철군의 죽음이 보도된 신문을 펼쳐 들며
이 참담한 시대에
시를 쓴다는 것이 무엇일까를 생각한다
살아 남기 위하여 죽어 있는 나의 영혼
싸움도 사랑도 아닌 나의 일상이
지금 마포 강변에 떨어져

누구의 발길에 채이고 있을까
단 한번, 빛나는 사랑을 위해
아아 가뭇없이 사라지는
저 눈물겨운 눈발 눈발 눈발

<창비1987·1987>

밀정의 얼굴

민중교육지 사건으로 법정에 선
송기원 윤재철 김진경
소설가이며 시인이며 우리 시대의 교사인
이분들의 얼굴이 보고 싶어 재판소에 갔다가
나는 밀정의 얼굴을 보았지요
검찰측 증인으로 나온
홍 아무개라는 자를 처음 본 순간
때는 한겨울인데
숨막히는 열기로 달아오른
법정 한구석에 부끄러움으로 앉아 있던
나는 온몸이 땀으로 젖으면서
등골이 서늘함을 느꼈지요
나까노정보학교를 나와서
일제시대를 살아온 내력하며
해방이 되었다는 지금까지 살아 남아
검찰측 증인으로 행세하는 그를 보며
나는 독립투사들의 죽음을 생각했고

기구한 대한민국의 역사를 생각했지요
당신들의 등때기는 성한가요?
이 캄캄한 대낮에 그림자로 다가와
등때기에 칼을 꽂고 달아나는 자의 얼굴을
나는 서울 한복판에서 보았어요

<창비1987 · 1987>

버스를 기다리며

주머니를 뒤지니 동전 나온다
100원을 뒤집으니 세종대왕 나오고
50원 뒤집으니 벼이삭이 나온다
퇴근길 버스 정거장에서 동전을 뒤집으며
앞에선 여자 궁둥이도 훔쳐보며
동전밖에 없어 갈 곳은 없고
갈 곳 없어 아득하여라
조정에선 이 좋은 날 무엇을 할까
나으리들은 배포가 커서 끄떡도 않는데
신문에 나온 여공의 죽음을 보고
동전밖에 없는 제 자신도 잊은 채
울먹이는 못난 나는 얼마나 작으냐
말 한마디 큰 소리로 못하고
땡볕에 서서 동전이나 뒤집으며
오지 않는 버스를 기다리며
다보탑 뒤집으니 10원 나온다
주머니를 뒤집으니 먼지 나오고

먼지를 뒤집으면 뭐가 나올까
생각하며 땡볕에서 버스를 기다리며
무엇이든 한번 뒤집기만 하면
다른 것이 나오는 게 신기해서
일없이 일없이 동전을 뒤집는다

<창비1987 · 1987>

만세 후

술 한 모금 먹고
하늘 한 번 보고
술 한 모금 먹고
하늘 한 번 보고

최루가스 얼룩진 저 하늘로
날아오르고 싶다던 한 젊은이의
죽음의 말을 되뇌이며
그날의 함성을 생각하며
쓴 잔을 입에 댄다

민주화가 된다는데
이제는 무엇을 할거냐고
이형이 묻는 말을 귓전에 흘리며
나는 말없이 술잔을 건넬 뿐
더러운 시대의 누더기를 몸에 걸친 채
죽음 냄새 배어 있는 이 거리

낯선 목로의 한구석에 앉아
나를 마신다

혁명은 왜 고독한 것인가를
혁명은 왜 고독해야 하는 것인가를
되묻던 김수영 시인의 말이
눈물처럼
빗발치는 이 낯선 목로의 거리

민주주의여 너의 외로운 이름 위에
무슨 말을 덧붙이랴
한국적이라는 관형사가 그렇듯이
자유라는 말이 언젠가는
우리를 구속하겠지

무서운 예감이여
얼마나 외롭고 긴 싸움이

우리를 기다리고 있는가
이마에 맺힌 식은땀을 훔치며
그날의 함성을 생각하며
나는 가슴 깊이 술을 삼킨다

<문학사상 · 1987>

우금치 고개

공주에서 부여로 넘어가는 길에
우금치 고개가 있지요
우리 근대사의 험난한 고빗길답지 않게
부드러운 이 고개
지금은 여기 동학혁명군 위령탑이 서 있고
주제넘게 거기다 제 이름 새겨넣은 사람도 있지요
박 아무개 이름은 누가 돌로 쪼아버렸고
최덕신이란 이름은 관에서 지운 듯했지요
누가 뭐래도 이것이 인심이고
이것이 역사지요
얼마 전까지만 해도 호미질만 하면
이름없는 사람들의 뼈가 걸려 나왔다고
누군가 말하며 울었어요
들녘엔 봄풀이 돋아나고 있고
조금만 더 가면
신동엽 시인의 생가가 나오지요

<창비1987 · 1987>

학교 가는 길

어느 학생의 말

모든 문제의 답은 학교에 있고
정답은 언제나 근엄해서
담임선생님의 얼굴 같지요
답답한 세상을 살아오는 동안
삼차방정식보다 난해하게 변해버린
선생님의 표정을 읽으며
정답까지 가는 길은 너무도 아득해
나는 가끔 다른 길을 갑니다
비록 험하기는 하지만
이 세상 어딘가엔 즐거움도 있겠지
생각하며 길모퉁이 돌아서면
찍소리 말고 공부나 하라는
어머니의 고함소리 멀어지고
친구가 다닌다는 공장을 지나면
신축공사장 인부들
오락실 근처에선 재수할 때 만난
친구의 옆모습도 보이지요

무언가 고달파 보여도
정답처럼 엄숙하지 않아서
볼수록 정다운 얼굴들을 떠올리며
나는 교실로 돌아오곤 하지요
그러면서 나는 자신에게 곧잘
어리석은 질문을 던집니다
——정답은 학교에만 있는가

<숭문고교 토요수련회보 · 1987>

4월 북한산에 올라

지나간 사월을 그리워 말자
사월이 가면 오월이 오는 법
황사 휘몰아치는 산정에 서서
보라, 때가 되면 모진 바람 속에서도
진달래 흐드러져 피지 않더냐
사일구는 사월에 오지 않아도
이 땅의 오월에 다시 찾아오고
눈물 어룽진 남녘 땅에
봄이 오는 소리 들리지 않더냐
그러나 이제는 냉정해지자
피 흘려 쓰러진 벗들 앞에서
속절없는 다짐을 하지는 말아야지
흙바람을 맞으며
아아 성난 불의 마음으로
가슴 깊이 응어리진 얼음의 마음으로
사월은 사월에 오지 않아도
한겨울 눈 속에 꽃맹아리 터진다

<대학신문 · 1987>

제 3 부

家和萬事成

신문을 보고 있는데
이제 중학교 일학년밖에 안되는
아들놈이 와서 가훈이 뭐냐고 묻는다
너희 학교에 교훈이 있듯이
학급에 급훈이 있고
아마 어떤 집에는 아이들을 잘 키우기 위해
가르침으로 주는 말이 있을 게라고 했더니
아니, 낱말뜻이 아니라
우리집 가훈이 뭐냐고
학교에서 적어 오랬다고 다그친다
열세살밖에 안되는, 머리에 피도 안 마른 놈이
맹랑하게 애비를 다그친다

글쎄…… 뭐 가훈이랄 게 있겠느냐고
그냥 건강하게 살라고 하니
여편네가 옆에서 듣고 있다가
그게 무슨 가훈이냐고

아이 자존심을 건드려도 유분수지
애비가 돼서 그럴 수가 있냐고
왜 이런 놈의 집에 시집와서
이 고생을 하고 사는지 모르겠다고
구시렁거린다 괘씸하게
괘씸하게 나를 긁는다
이를테면 이것이 우리집의 분열이다

하아…… 가문이 없어 가훈도 없다
가훈이 없어 집구석이 이 모양이고
집구석이 이 모양이니 새끼들도
애비 알기를 우습게 안다
가훈이 없다…… 가문이 없다……
가훈이 없어 가문이 없고
가문이 없어 그럴싸한 집이 없고
그럴싸한 집이 없으니
그럴싸한 가훈도 못 붙인다

하루는 꾼 돈을 갚으러 은행에 갔더니
거기서 가훈을 전시하고 있었다
돈푼깨나 있어 보이는 한 여자가
「家和萬事成」 앞에서 값을 물었다
삼만원이라고 했다
삼만원…… 삼만원이면 멋들어진
가훈 하나를 살 수 있다
낡아빠진 유치한 글귀지만
삼만원이면 가화만사성이다

내 선배 하나는 기자질을 하다가
입바른 소리 잘한다고 반공법에 걸리고
애비가 콩밥을 먹는 동안
아들놈은 반공 글짓기 대회에서
기특하게도 특선을 했다
가화만사성이다 이를테면

이것이 우리나라의 가화만사성이고
분단이다
최루탄이다

벙어리가 말은 못해도
세월 가는 줄은 안다
분단 44년에
가화만사성한 놈이 있다면
개똥이다
하아…… 삼만원이 없다
삼만원이 없어 가화만사성을 못한다

〈창작과비평 · 1988〉

덩 덕 개

대흥사에서 하루 묵고
먼길을 나서는데
놀랍다
천하가 온통 눈에 덮여 숨을 죽이고
이 대명천지에
눈밭에선 개 두 마리가 붙어
느긋하게 그 짓을 하고 있다
덩덕개 한 마리가 실속도 없이
킁킁대며 냄새도 맡고
뱅뱅 돌며 할금거리는데
바쁜 길 가던 아낙 하나가
그걸 보고 얼굴에 단풍이 들고
눈이 마주친 나도 그만
얼굴이 붉어졌다
어흠, 헛기침 한번에 시침떼고
예서 더 가면 어디냐고 물으니
아낙은 손으로 산너머를 가리키며

"저어그가 바로 땅끝이어라우."

<창작과비평 · 1988>

황토현에서 곰나루까지

이 겨울 갑오농민전쟁 전적지를 찾아
황토현에서 곰나루까지 더듬으며
나는 이 시대의 기묘한 대조법을 본다
우금치 동학혁명군 위령탑은
일본군 장교출신 박정희가 세웠고
황토현 녹두장군 기념관은 전두환이 세웠으니
광주항쟁 시민군 위령탑은 또
어떤 자가 세울 것인가
생각하며 지나는 마을마다
텃밭에 버려진 고추는 상기도 붉고
조병갑이 물세 받던 만석보는 흔적 없는데
고부 부안 흥덕 고창 농투사니들은 지금도
물세를 못 내겠다고 아우성치고
백마강가 신동엽 시비 옆에는
반공순국지사 기념비도 세웠구나
아아 기막힌 대조법이여 모진 갈증이여
곰나루 바람 부는 모래펄에 서서

검불 모아 불을 싸지르고

싸늘한 성계육 한점을 씹으며

박불똥이 건네주는 막걸리 한잔을 단숨에 켠다

<대학의 소리·1989>

지난해 연말, 예술마당 '금강'에서 기획한 "황토현에서 곰나루까지"의 갑오농민전쟁 전적지 답사에 참가하여 보고 느낀 것을 써보았다. 반외세 자주화투쟁의 현장을 둘러보면서 먼저 느낀 것은 그 황량함이었다. 전적지에서, 흙에 배어 있을 피의 의미를 되새길밖에 달리 무엇을 보랴. 애정을 가지고 애써 보려고 하지 않는 한 아무것도 보여주지 않는 것이 백제문화라는 생각이 들었다. 나당연합군의 침략 이래 너무도 철저하게 파괴되어 왔고, 그나마 남아 있는 유적마저 그 진정한 역사적 의미를 짚어보기 어렵게 조작해놓은 것이 마음 아팠다. 그러나 유물을 파괴한다 해서 사람들의 정신과 핏속에 깃든 전통까지 소멸시킬 수는 없다는 것을 확인하며 느끼는 바가 많았다. 조병갑의 만석보는 흔적도 없는데 농민들은 아직도 수세거부운동을 하고 있고, 미국산 담배 수입으로 인한 고추값 폭락으로 농민들의 싸움은 불붙고 있었던 것이다.

이것은 시가 아니다

친구여, 이것은 시가 아니다
아무리 수식한다 해도
어차피 노동자일 수밖에 없는
나와 내 자식의 운명을
바로 보마

내 자식이 제 운명을
스스로 개척해 나갈 수 있는 길을 터주고
참세상 함께 만들어가는
이것은 시가 아니라 싸움임을
분명하게 보마

강철노조의 조합원들이
파업한 지하철노조의 조합원들이
갇혀 있는 현대중공업 노동자들이
한때는 우리들의 교실에서
우리와 함께 눈물로 시를 읽던 시절이 있었음을

아프게 기억하마

이것은 시가 아니다
아프게 기억하마
이 아픔이
아닌밤 나와 내 자식의 가슴을 치고
배창자 속에 소용돌이쳐
피눈물로 서려올 새 세상을
바로 보마

<전국교사신문 · 1989>

임 가시는 길에

성내운선생을 떠나보내며

몇 마디 말로 어떻게 선생을 규정할 수 있으랴
어떤 이는 선생에게서 산을 보았다 하고
어떤 이는 큰 나무를 보았다 하고
어떤 이는 참교육을 보았다 하고
또 어떤 이는 그분한테서 시를 보았다고 하니

십년 넘어 선생을 모시고 험한 길을 톺아오면서
내가 생각하기에도 선생은
단수가 아니요 복수개념으로나 어림이 가는 분
바로 그분이 가신 지금도
나는 그분한테서 자연의 숨결을 느낀다

우리의 스승 성내운선생
그분한테 우리는
우리의 생명을 빚지고 있다
폭정의 사나운 바람에 맞서
앞장서 우리를 감싸준 넓은 가슴

측량할 길 없는 그 의연한 사랑에
우리는 우리의 생명을 빚지고 있다

살아서 그분을 찬양하는 것만으로
몇 구절의 시를 써서
그분의 열명길을 외롭지 않게 하는 것만으로
단지 그것으로 갚을 수 있을까?
내 짧은 혀로 감히 말하노니
우리가 보내지 않는 한
그분은 결코 가신 것이 아니다

어떻게 홀가분히 가실 수 있으랴
자연스럽지 않은 이 땅의 어느 곳에나
선생은 우리와 함께 살아 계시리라
분열이 있는 곳에
압제가 있는 곳에
살인교육이 있는 곳에

공해와 죽음과 핵이 있는 곳에
모든 부자연 속에
바로 이 땅 위에!
자연의 숨결로 살아 계시리니

그러나 이것이 지나친 욕심임을 모르지 않기에
나는 입술을 깨물어 나의 임을 보낸다
동지들이여, 눈물을 보이지 말라
우리는 그분을 쉬게 해드려야 한다
그리고 이제
우리가 거기 서 있어야 한다

<한겨레신문 · 1989>

피의 꽃

동학폭동, 3·1폭동
4·3폭동, 5월폭동……
조정은 언제나 우리를 폭도로 규정했다
그러나 역사 속에서
폭동은 안녕하다
저들은 입만 열면 말한다
혁명을 용납하지 않겠다고
그러나 혁명은
용납받기 위해 일어나는 것이 아니고
계급은 씨앗처럼 안녕하다
부릅뜬 씨앗처럼.
살진 돼지에게는
혁명이
어느날 갑자기 찾아오는 것이지만
피의 꽃은
하루아침에 피어나지 않는다

<창작과비평·1988>

업 보

일찍이 만해 스님이 머물러
시심을 닦던 백담사에
머리 못 깎은 중
일해 전 아무개가 유폐되고
그가 서슬 푸르게 권력을 휘두르던 시절
온갖 고초를 겪었던 일초선사 고은은
유난히 단풍빛도 고운
깊어가는 이 가을에
만해문학상을 받았다

생각느니
아아 어느 시인 말마따나
인생은 얼마나 깊은 것이냐

<미발표 · 1989>

자본주의식 신사고

만약에 여자들이 새로 옷을 해 입을 때
부끄러운 데는 노골적으로 드러내놓고
안 가려도 좋을 곳만 가린다면
세상의 남자들은 미쳐 날뛸 것이다
천지가 뒤집힐 듯이
거리에 활기가 넘칠 것이다
나는 가끔 이런 생각을 하곤 하는데
민주시민 여러분!
만약에 이런 시대가 온다면
당신의 성감대는 확실히 달라질 것이다
그리고 당신들은 말하리라
"나는 당신의 팔꿈치가 보고 싶어요"
혹은
"당신의 뒤통수만 봐도 나는 느껴요"라고……

<창작과비평 · 1990>

메이 데이

노동자들의 고혈을 착취하고
울산 미포만에 우뚝 치솟은
골리앗 크레인
우리는 힘센 네 어깨 위에 올라
인간적인 삶을 외친다
메이 데이
구속된 동지들을 석방하고
단체협약 준수하라고
하늘더러 들으라고
바다더러 들으라고 외친다
자본가들의 음험한 손이
우리들의 목줄을 죄어올 때
더이상 쫓길 곳이 없어
골리앗 크레인
우리는 네 어깨 위에 서서
산소탱크를 끌어안고 외친다
죽을 수는 있어도

더이상 물러설 수는 없다고
목이 쉬도록 외친다
메아리도 없이 외친다
높기만 한 하늘이여
우리가 제 땅에 살면서도
남의 하늘 아래 살고 있는 것 같구나
우리들의 힘은 우리들뿐이라고
골리앗 크레인
우리는 자본가의 어깨 위에 서서 외친다

<창작과비평 · 1990>

불 꽃

불꽃은 어디 있는가
어느 추운 벌판에 얼어붙었는가
불은 어디 있는가
보다 큰 사랑을 위한 불
동지가 되기 위한 불
죽음을 꿰뚫는 불
이 땅이 얼어붙은 동안
새로운 화해를
새로운 탄생을 준비하는 씨앗처럼
얼음 속에 갇혀 있는 불
불은 지금 어느 냉정한 가슴 속에 투쟁하고 있을까

<창작과비평 · 1990>

큰 수리 노래

수리여 수리여
북녘 하늘 돌던 새여
너는 어디 가고
참새 새끼들만 남아서 지저귀는구나
수리여 큰 수리여
북간도엔 가지 마라
북간도！ 하면
나 눈물 난다
수리여 큰 수리여
갈라거든 혼자 마라
북간도 하라
북간도 하라
북간도！ 하면 나 눈물 난다

<다리・1990>

아버님의 안경

돌아가신 아버님이 꿈에 나타나서
눈이 침침해 세상일이 안 보인다고
내 안경 어디 있냐고 하신다
날이 밝기를 기다려 나는
설합에 넣어둔 안경을 찾아
아버님 무덤 앞에 갖다 놓고
그 옆에 조간신문도 한 장 놓아 드리고
아버님, 잘 보이십니까
아버님, 세상일이 뭐 좀 보이는 게 있습니까
머리 조아려 울고 울었다

<다리 · 1990>

유신헌법

대한민국은 민주공화국이다
그러므로
대한민국의 국민 되는 요건은
민주공화당이 정한다

<다리 · 1990>

동 요

어느 국가보안법 위반자의 진술

꿈 많던 어린 시절 나는 학교 운동장에서
이런 노래를 부르며 자랐다

——원숭이 똥구멍은 빨개
빨가면 사과
사과는 맛있어
맛있으면 바나나
바나나는 길어
길으면 기차
기차는 빨러
빠르면 비행기
비행기는 높아
높으면 백두산
백두산 뻗어내려 반도 삼천리

지리산도 한라산도 백두산도
모두 빨갱이가 되는 이 폭력의 시대에

나는 감회에 젖어
법정에 서서 이 노래를 다시 부른다
원숭이 똥구멍이 죄로구나

그러나 나는 이 폭력보다는 오래 살 것이다

<다리 · 1990>

상계동에 이사 와 살면서

십수년 전 수유리로 이사 와 살 때만 해도
개구리 울음소리 들으며 잠 못 드는 밤이 많았다
고향사람들이 와서 구시렁대는 소리 같아서
문을 열고 내다보면 휘영청 하늘에 달이 밝았다
개구리 울음소리를 들을 수 있는 동안은 그래도
타관이 타관인 줄 모르고 살 수 있었다
흙먼지 날리던 마들평야가 아스팔트로 뒤덮여 숨을 죽이고
상계동에 아파트 단지가 들어서면서
이리로 이사 와 산 지도 어언 두어 해
개구리 울음소리도 들리지 않는 지금
수유리가 그래도 고향 같은 느낌이 드는 것은 웬일일까
콘크리트숲 사이로 달이 떠올랐다가는
아직 날이 밝지 않았는데도 달이 보이지 않는다
퇴근길 어둡고 긴 터널을 숨차게 빠져나온 전철이
후줄근히 땀에 젖은 내 몸뚱어리를 부려놓으면

멀리 수락산은 매연 속에 몸살을 앓고 있고
신경을 감춘 채 번듯하게 서 있는 저 아파트숲 사이
누구의 집이 헐렸을까 상처받은 땅 한모퉁이
늙은 아낙 하나 쭈그려 앉아 나물을 다듬고 있다
도대체 어쩌자는 것일까 별 생각 없이
냉이 한줌을 사 들고 돌아서면서
괜시리 눈시울이 젖어오는 나는 무엇인가
그 노인네가 쭈그려 앉은, 헐린 집터 어디쯤에서
개구리 울음소리라도 통곡소리라도 들려올 것만 같아
몇번이고 몇번이고 뒤를 돌아다보았다

<말 · 1990>

잠 못 드는 밤에

하룻밤에 열두 번도 더
성을 쌓고 허문다
돌아보면 아득한 사십오 년
파쇼체제 아래서
머리털이 다 빠졌다
빼앗긴 내 젊음의 한 세월이
어드메서 뿌리를 내렸을까
세상 모르고 잠든
철없는 어린것들 머리맡에 앉아
허허벌판의 꼭두서니를 생각한다

<창작과비평 · 1990>

평　　화

아흔여섯 살 김신묵 권사는 숨을 거두면서
내 죽으면 박수치며 보내달라고 했다
칠순이 넘은 아들 문목사가
잠시 쇠고랑을 풀고 나와 박수로 어머니를 보내고
웃으며 감옥으로 돌아갔다
세상에 이런 일도 있구나
세상에 이런 말 못할 평화가 있구나

<시와 시학 · 1991>

달 빛 세

미국놈 소련놈들이 자꾸만
꼭 뭐 같은 로켓을 쏘아올리는 것이
겁난다 달에도 깃발을 꽂고
순이의 그중 순결한 별에도 깃발을 꽂고
일제치하에 죽은
동주의 별에도 군대를 보내고 하는 품이
심상찮다 옛날 우리나라 봉이 김선달이
대동강물 팔아먹었다고 웃었더니
보아라 저놈들이 이제는 달빛세 받겠구나

〈시와 시학 · 1991〉

七　　流

그해 여름 달밝은 밤 우리는 강가에 앉아 불을 피우고 술 마시며 성내운선생의 시낭송을 들었다. 내린천 물맑은 물소리에 시가 잦아들고 누군가 취한 목소리로 농담을 했다. "일류는 시인이요 이류는 소설가, 삼류는 극작가요 사류는 수필가, 오류는 평론가요 육류는 나같이 발문 나부랭이나 쓰는 사람이니, 낭송가인 선생은 칠류쯤 될 터인즉, 앞으로 호를 七流라고 하시지요." "허허 그것 참 좋은 생각이오." 껄껄대던 선생의 웃음소리가 물소리에 잦아들어 흘러가서는 다시 돌아오지 않았다.

생전에 그 호를 한번도 써보지 못한 채 그이는 어디쯤 흘러가고 계실까. 요즈음엔 시가 써지지 않는다. 시를 못 쓰는 나를 위해 그 호를 남겨두고 그이는 어느 여울에 가 울고 계실까.

<시와 시학 · 1991>

이름붙이기

몇해 전 이웃집 노파가 강아지 한 마리를 안고 와서
주영이 우진이한테 선물로 주고 갔다
아이들은 그것을 바우라고 불렀고
무엇에나 성을 붙이기를 좋아하는 아내는
거기다 내 성까지 갖다붙여 정바우라고 했다
나는 개한테 우리 이름을 붙이는 것이 못마땅했다
천주교 신자인 집사람이 김모니카라고 불리는 것도
식민지시대 창씨개명 냄새가 나서 언짢았지만
개한테는 존이나 메리 같은 영어식 이름이
더 어울리는 게 아니냐고 나는 늘 생각해왔다
마누라는 매사에 내가 이런 식이라고 짜증을 내며
남들 앞에서 나를 정사탄이라고 불렀다
나는 여편네와 애들 몰래 대문을 열어놓았고
그해 겨울 개는 나가서 다시 돌아오지 않았다

〈시와 시학 · 1991〉

어느 통일꾼의 주례사

신랑, 어때, 좋지?
신부도 좋지?
남과 북도 이렇게 합치면 얼마나 좋을까?
살아가면서 다투지들 말어
서로 고무찬양해야 돼

<시와 시학 · 1991>

새 그리고 햇빛

바닷가에 서서
수평선을 보느니
물새 몇 마리 끼룩대며 날아간
어두운 하늘 저 끝에
붉은 해가 솟는다
이상도 해라
해가 해로 보이지 않고
구멍으로 보이느니
저 세상 어드메서
새들은 찬란한 빛무리가 되어
이승으로 돌아오는 것일까

<샘터 · 1991>

■ 跋文

그리움과 기다림의 시

신 경 림

1

상당한 나이 차에도 불구하고 정희성과 나는 꽤 오랫동안 가깝게 지내왔다. 우리가 언제부터 알게 되었는지 정확히 기억나지는 않지만, 자주 어울리게 된 것은 70년대 중반이었을 것이다. 너나없이 가장 힘들던 시절이다. 마음놓고 글을 쓰기는커녕 제대로 숨쉬기조차 고통스러웠다. 작으나마 기쁨이 있다면 서로 뜻이 맞는 사람들끼리 만나 귓속말을 주고받는 일뿐이었다 해도 지나친 말이 아닐 것이다. 그때 자주 만나던 친구 중의 하나가 정희성이다. 만나면 으레 술을 마셨다. 통금이 있던 시절이다. 그래서 시간이 다 되면 언제나 허겁지겁 술판을 끝막게 마련이었는데, 언제부턴가 정희성과 나는 미리 여유있게 술자리를 빠져나오는 버릇이 생겼다. 지금도 같지만 수유리와 미아리, 길음동 등 각각 사는 방향이 같은 우리는 돈암동쯤에서 내려 가볍게 한잔을 더하기가 일쑤였다. 내가 그의 시를 좋아하지 않았으면 그런 일이 있을 수 없음은 말할 것도 없다. 그의 첫시집 『답청(踏靑)』이 나온 지 얼마 되지 않았을 때다. 그는 부정하고 싶다고 말하기도 했지만, "풀을 밟아라/들엔 매맞은 풀/맞을수록 시퍼런/봄이 온다"(「답청」)라고 한 단정하면서도 칼칼한 목소리가 나는 그 누구의 목소리보다도 더 좋았던 것이다. 그러나 사실을 말하면 나는 그의 사람됨됨이가 더 좋았다. 그는 늘 침착하고 조용했다. 술이 취해도 마찬가지여서 결코 흥분하는 일이 없었다. 아니, 그는 아예 술에 취하는 일이 없는 것 같았다. 아무리 많이 마셔 다른 사람들이 거의 인사불성이 되었을 때도, 그만은 말 한마디 몸짓 하나 흐트러지는 법이 없었다. 더러는 이런 그를 가리켜 재미없는 사람이라고 말하기도 했지만, 나는 그와 마주해서 술과 얘기를 나누며 진짜 술마시는 즐거움을 맛보기도 했었다. 맨정신일 때는 온통 주눅이 들어 있다가 술이라도 들어가야 비로소 호기를 부리던, 무책임하고 치기만만한 술주정으로 사방이 차 있던 시절이다. 또한 차를 타고 집에 들어가는 시간까지 따져 정확히 술자리에서 일어나게끔 해주는 그를 상대로 술을 마시기란 더없이 편하고 즐거운 일이기도 했다.

80년대에 들어서서 우리가 더 가까워질 일이 생겼다. 한 출판사의 청탁에 따라 함께 시 해설서인 『한국 현대시의 이해』를 만들게 된 것이다. 전반부를 그가 쓰고 후반부를 내가 쓰기로 했다. 물론 나는 이전부터도 일을 대하는 그의 성실성을 알고 있었다. 또 그것이 혼자서는 너무 부담이 크니 다른 필자 특히 고교에서 직접 학생들한테 시를 가르치고 있거나 가르쳐본 경험이 있는 시인과 함께 써보는 것이 좋지 않겠느냐고 출판사에서 제의했을 때 선뜻 정희성을 공동필자로 선택한 이유였다. 하지만 함께 책을 만들면서 나는 그의 성실성에 새삼스럽게 놀랐다. 그는 시 해설 한 대목 한 대목을 써서 동료 국어교사들에게 일일이 읽혔다. 그리고 문제점이 발견되면 서슴없이 고쳐 쓰고 다시 쓰고 했다. 도와주는 동료교사들도 교사들이었지만, 이런 점은 글 쓰는 과정에서 남의 의견을 거의 듣지 않는 나로서는 흉내도 낼 수 없는 점이었다. 이는 그가 성실할뿐더러 열린 마음을 가졌음을 뜻하는 터였다.

우리가 함께 산에 다니기 시작한 것도 그 무렵부터다. 아직 수배중에 있던 고 성내운 교수가 우리를 몰래 불러내어 산에 다니기 시작할 때 그도 거기 끼였던 것이다. 마음 놓고 세상 돌아가는 얘기를 할 곳이라고는 산밖에 없던 시절이어서 산에 가는 날은 마치 자유를 얻는 날 같았다. 모두들 같은 생각이었던 터라 우리들은 산행을 정기적으로 하기로 했고 이왕이면 산악회를 만들자고 해서 '무명산악회'라는 이름의 산악회를 만들었는데, 정희성도 당시 해직 언론인 김종철, 극작가 안종관, 연세대 제적생 김학민 및 그의 아내와 함께 창립의 자리에 있었으니, 말하자면 그는 무명산악회 창립회원이기도 하다. 이 산악회에는 그뒤 막 감옥에서 나온 이부영, 임채정과 홍익대의 정윤형 교수, 작가 현기영, 시인 박용수, 극작가 오종우, 문학평론가 김도연 등이 가담함으로써 제법 큰 산악회가 되었지만, 지금까지 시종일관 거의 빠지지 않고 부지런히 산에 나오는 회원은 정희성을 비롯해서 몇이 되지 않는다. 정희성은 산행에 있어서도 결코 성실성을 잃지 않았던 것이다.

고백하건대 나는 정윤형 교수와 함께 가장 게으른 회원에 속한다. 시골행이 많은데다가 서울 있는 경우도 토요일은 술을 많이 마시고 등산에 안 나가는 게 일쑤인데 나가도 준비할 시간이 없었다는 핑계로 빈손인 경우가 태반이다. 그러나 이때는 다 믿는 데가 있다. 이부영이나 정희성이 나오면 먹을 것은 다 준비되는 것이다. 툭하면 감옥엘 가서 산에 자주 나오지 못하는 이부영은 별도로 하고, 정희성은 정말 내가 믿는 곳이 된다. 그는 제가 좋아하는 먹을 것뿐 아니라 남이 좋아하는 것도 가지고 온다. 그도 그렇지만 특히 그의 아내는 그들이 가지고 온 먹을 것들을 남들이 맛있게 먹으면 더없이 좋아한다. 그래서 다음에 꼭 그것들을 다시 마련해 가지고 오는 것이다.

하지만 정희성은 결정적인 결함이 있다. 주머니가 늘 비어 있는 것이다. 술자리에서 우리만 빠져나오면서 술값 가진 것 있느냐고 물으면 그는 특별한 경우를 제외하고는 거의 대답이 한결같다. "토큰 두 개뿐인데요." 그래서 그와 같은 학교에서 20년 이상을 국어교사로 함께 근무해온 고종남매간이기도 한 안종관은 다음 술자리로 옮겨가면서 곧잘 "야, 정머리(이것이 그의 별명이다), 너는 집에 가, 토큰 없어지기 전에." 하고 면박을 준다. 물론 악의없는 이 면박에 토라져서 집에 갈 정희성이 아니지만.

용한 것은 정희성이 이렇게 돈이 없으면서도 내야 할 돈은 꼭 냈다는 점이다. 가령 민요연구회의 모임 같은 때 그는 꼬박꼬박 주머니에 꼬불쳐두었던 돈을 꺼내 특별회비를 내었다. "다 내지 말고 술값 좀 남겨둬." 내가 말하면 그는 대답했다. "술값은 선생님이 내십시오. 전 회비 낼 돈밖에 없으니까요."

그러고 보니 그는 민요연구회에서도 나와 함께 일했다. 내가 지금은 민중당에서 일하는 유인열 등과 민요연구회를 만든 것은 모든 민민단체의 활동이 엄격하게 금지돼 있던 84년이다. 민요연구회는 민요를 내세워 그 몫까지 하겠다는 생각이었는데, 그런만큼 민민단체들이 민요연구회에 거는 기대도 컸다. 한데 정희성은 취지에는 적극 찬동하면서도 선뜻 참여하려 하지 않았다. 겁이 나서가 아니라 학교에 있으면서 일을 한다고 해보았자 그 한계가 뻔하다는 것이었다. 적당히 이름만 걸고 넘어가지 못하는 그의 성미를 모르지 않으면서도, 그러기 때문에 더욱 나는 반강제로 그를 끌어들였다. 생각대로 그는 이름만 걸어놓고 우물우물 넘어가는 짓을 하지 못했다. 그는 적극 나서서 교사모임 등을 조직하곤 했는데, 그때 참여했던 교사 가운데 많은 사람들이 뒤에 교원노조의 핵심 일꾼으로 일하게 된 것은 결코 우연이 아니리라.

그와 여러 해 사귀면서 가장 부러웠던 점은 그와 동료 교사들과의 관계다. 그의 동료 교사들 가운데 여러 명이 우리 산악회의 회원이 되어 함께 산을 오르는 사이가 되었는데, 나는 정희성이 그의 모든 문제를 동료 교사들과 털어놓고 상의하는 것을 보고 저으기 감탄한 일이 한두번이 아니다. 그가 상의하는 내용은 학교문제나 교육문제만이 아니었다. 그는 가정문제며 심지어 자신의 문학적 고민까지 털어놓고 동료 교사들의 의견을 구했고, 이에 동료 교사들은 자신이 부닥뜨린 문제나 다름없이 진지하게 응대해주었다. 또 동료 교사들은 때로 그에게 냉혹한 비판을 가하기도 했는데, 이때 정희성은 이 비판을 잘 받아들였다. 그들은 정희성을 동료로서 깊이 신뢰하고 사랑하는 것처럼 보였다. 그들은 단 10분도 시간을 빼먹지 못하는 모범교사 정희성의 '꽉 막혔음'을 말로는 조롱하면서도 "안 그러면 어디 그게 정머린가." 하는 찬탄을 붙이기를 잊지 않는다. 그들 옆에 묻어 다니던 나도 적잖이 덕을 보았으니, 가령 「어떤 시를 가르칠 것인가」라는 교과서의 시를 비판하면서 83년에 쓴 글은 실제로는 이들과의 공동토의를 내가 대표해서 집필한 데 지나지 않는 터다.

정희성은 산악회가 가장 부진하던 시절에 총무를 맡았다. 성내운 교수는 광주대 총장으로 가고, 이부영, 김도연은 전민련 일로 바쁘고, 김종철은 한겨레신문으로 들어가고, 임채정과 김학민은 평민당으로 가고, 또 나는 나대로 민예총이다 강연이다 해서 산행이 제대로 되지 않던 시절이다. 그때 산행에 나가지 못하겠다는 내 대답을 들으며 그가 하던 말을 나는 지금도 잊지 못한다. "다 바삐 돌아가는데 제자리에 앉아 있는 사람은 나밖에 없는 것 같아요." 나는 이 말을 들으면서 가슴이 뜨끔했다. 세상이 아무리 미친 춤을 추고 돌아가도 튼튼하게 제자리를 지킬 사람은 정희성밖에 없다는 생각이 들었던 것이다.

2

글머리에 이렇게 장황하게 내가 알고 있는 정희성의 사람됨에 대해서 늘어놓는 것은 이러한 사람됨을 그대로 시로 바꾸어놓은 것이 정희성의 시이기 때문이다. 흔히 글은 곧 그 사람이라고 말하지만 그의 시를 읽어보면 이 말은 옳은 지적이라는 생각이 새삼스럽게 든다. 그의 시는 사람됨처럼 단단하고 찬찬하며, 깐깐하고 곧고 굳다. 교언영색도 허장성세도 없고, 허풍도 엄살도 없다. 어느 한구석 즉흥적으로 토로해진 구절도 없으며, 모든 시들이 엄격한 시법에 의해 철저하게 규제되고 있다. 「청명」 한편만 읽어보아도 그의 이런 시의 성격은 잘 드러난다.

황하도 맑아진다는 청명날
강머리에 나가 술을 마신다
봄도 오면 무엇하리
온 나라 저무느니
버드나무에 몸을 기대
머리칼 날려 강변에 서면
저물어 깊어가는 강물 위엔
아련하여라 술취한 눈에도
물 머금어 일렁이는 불빛

——「청명」 전문

통련 9행으로 되어 있지만 2, 2, 2, 3행씩 4연으로 끊어 읽어도 좋을 이 짧은 시는 다른 시인 같으면 3,40행으로 늘여 흥분하고 절규할 내용을 가지고 있다. 그러나 그는 어둡고 절망적인 상황을 "봄도 오면 무엇하리/온 나라 저무느니"의 단 두 마디로 처리하고 있으며, 해방은 오리라 어쩌고 허풍스럽게 표현될 수 있는 결구도 "물 머금어 일렁이는 불빛" 정도로 깐깐하게 맺고 있다. 더욱 흥미있는 것은 이 단단함, 찬찬함, 깐깐함은 많은 그의 시에 기승전결의 엄격한 틀을 만들어주고 있다는 점인데, 가령 위의 시에서 첫대목은 시상의 제기요, 둘째 대목은 그를 이어받은 전개며, 셋째 대목은 앞의 구절을 한번 전환시킨 것, 마지막 대목은 앞의 생각들을 종합하여 끝맺고 있다고, 절구체의 서술체계를 연상하는 것은 조금도 무리가 아닐 것이다. 또한 '황하—청명날—강머리—버드나무—일렁이는 불빛'의 이미지의 전환은 시의 분위기를 어둠에서 밝음으로, 절망에서 희망으로 끌고 가려는 계산된 의도에 따른 것이라는 점도 주목할 필요가 있을 것 같다.

오월 어느날 그 길가
설운 세상 살던 사람 쓰러져
아지랑이 피오르고
이상도 해라
웬일로 눈시울 붉은
꽃잎 하나 지고 있다
나의 사람아
그리움 가는 길 어디메쯤
더러는 피어 있는
진달래도 있어
피맺힌 너의 넋을 만나도 보리

——「그리움 가는 길 어디메쯤」 전문

이 시도 "이상도 해라" "나의 사람아"의 삽입구를 빼고 3, 2, 3, 1행의 네 연으로 끊어 읽으면 뜻이 더 분명해지는데, 역시 기승전결이 분명함을 알 수 있다. 또 오월에 쓰러진 사람과 진달래의 붉은 꽃잎의 교묘한 연결과 배열에 의해 만들어지는 이 시의 서러운 분위기와 아픈 울음은 시어 한마디 한마디가 갖는 정서와 의미와 역사에 대한 깊은 천착 없이는 결코 언어질 수 없는 것이리라. 통곡과 절규 없이는 결코 쓸 수 없는 이 소재를 단단하고 깐깐한 목소리로 여과하여 더 큰 울음으로 독자의 가슴에 다가가게 만들 수 있는 사람은 그를 제외하고 우리 시단에 그리 많지 않으리라.

이렇게 감정을 절제할 수 있는 힘은 어디서 오는 것일까. 역시 그것은 성품 탓이겠지만 교양에서 오는 부분도 없지 않을 것이다. 실제로 그의 시에서는 교양의 냄새, 특히 한시적 교양의 냄새가 짙다. 어쩌면 그의 시가 보여주고 있는 단아하면서도 견고한 틀 역시 한시의 영향인지도 모르겠다.

위에 인용한 두 편의 시에서도 볼 수 있겠지만 그의 시에는 유난히 그리움이니 기다림이니 하는 말과 이미지가 많이 나온다. 많은 대목에서 누군가를 그리워하고 무엇인가를 기다린다. "그리움 가는 길에 발돋움하"(「붉은 꽃」)기도 하고 "어느날 당신과 내가 만나/하나의 꿈을 엮"(「한 그리움이 다른 그리움에게」)을 날을 기다리기도 한다. 그러나 그 그리움과 기다림이 무엇이며 어데를 향한 것인가를 알기는 그리 어렵지 않다. 「우리들의 그리움」에서 그는, 믿음과 사랑과 소망을 같은 위치에 놓으면서 "죽은 내 형제의 머리맡에/미군이 벗어놓은/군화 속"과 "알 수 없는 기도와/못다 한 노래에만" 있지 않고, "이 봄에 생생하게 피어날/보리밭에 있고", "시퍼렇게/물어뜯긴 선창과/파리하게 떨고 있는 공장의/캄캄한 불빛 속에 있"다고 병렬한 다음 우리들의 사랑은 눈밭 속에 붉게 피어날 진달래와 참호 속의 젊은 기침과 그리고 절망 속에 싹튼다고 아우르고 나서, 그리움은 "시퍼렇게 멍든 풀잎으로/너와 나의 가슴 속에 수런대는가" 하고 외치고 있기 때문이다. 이 대목은 그의 시에 있어서의 그리움이 비록 같은 개

념은 아니더라도 사랑, 믿음, 소망 등과 같은 무게와 부피를 가지고 있는 것들이며, 그것들은 안온하고 일상적인 삶 속에 있는 것이 아니라 핍박받고 고통당하고 또한 싸우는 삶 속에 있다는 점을 알게 한다. 또 마지막 구절의 "오오 민주주의여"라는 간투사는 그의 그리움과 기다림이 인류의 영원한 꿈인 자유, 민주 또는 평등을 향한 것임을 암시해 주는 진술로 이해해도 틀리지 않을 것이다.

그러나 그리움이나 기다림 또는 사랑 같은 이미지를 많이 담고 있다고 해서 그의 시를 막연히 그리워나 하면서 하염없이 기다리고나 있는 시로 규정해서는 곤란하다. "우리들의 시대는 없는 사람이 없는 대로／맘 편하게 살도록 가만두지 않는다／세상 사는 일에 길들지 않은／나에게는 그것이 그렇게도 노엽다"(「길」)라고 세상을 보는 그는 그리움이 어떻게 함으로써 성취되고 기다림이 충족되는가를 분명히 인식하고 있음을 여러 대목에서 서술하고 있기 때문이다.

그러나 기약한 그날은 갑자기
눈처럼 오는 법이 없기에
빛나는 아침을 위해
나는 녹슨 칼날을 닦으리
눈보다 차갑고
눈보다 순결한 마음으로
깊이 깊이 사랑을 새겨두리

——「눈 덮인 산길에서」 부분

피 흘려 쓰러진 벗들 앞에서

속절없는 다짐을 하지는 말아야지
흙바람을 맞으며
아아 성난 불의 마음으로
가슴 깊이 응어리진 얼음의 마음으로
—「4월 북한산에 올라」 부분

때가 되면 우리들은 우리의 할일을 하게 될 것

북을 쳐라
새벽이 온다
새벽이 오면 이방인과 그 추종자들이
무서움에 떨며 물으리니
누가 아침으로 가는 길을 묻거든
눈 들어 타오르는 해를 보게 하라
—「8·15를 위한 북소리」 부분

그의 그리움과 기다림은 주어지는 것, 그래서 그것을 받아들이는 것이 아니라, 나아가서 그것이 올 조건을 만드는 것이다. 그래서 그의 그리움과 기다림은 힘이 있다. 그의 시가 전체적으로 단단하고 깐깐하면서도 무서운 탄력을 지니고 있는 것도 이와 무관하지 않을 것이다.

3

깐깐함, 단단함은 말할 것도 없이 그의 시의 가장 큰 미덕이다. 더구나 공연히 높기만 한 헛소리, 크고 허풍스러운 몸짓이 판을 치는 우리 시단이고 보면 그의 이런 점은 크게 값진 것이기도 하다. 그러나 그의 시를 몸에 꼭 끼는 옷 같다고 말하는 독자의 말은 귀담아들음직한 소리다. 이는 그의 시에 넉넉함이 없다는 뜻이요, 그만큼 유연성도 덜하다는 소리일 터이다.

한편 의외로 그의 시 가운데는 자기고백적(은 못되더라도 자기의 참모습을 엿보게 해주는)인 시가 많지 않다. 간혹 있어도 그의 시에서 그리 중요한 자리를 차지하지 못하는 것으로 보인다. 어쨌든 이것이 그의 시가 지향하는 바가 되지 못함은 분명한데, 이는 그의 성격적인 깐깐함, 시에 대한 엄격성 같은 것과도 관계가 있는 것 같다. 어쩌면 그는 시에서 자기의 삶의 모습을 드러내고 감정을 까발리는 일을 너절한 넋두리로밖에 생각하지 않는 것이 아닐까 생각되기도 한다. 한데 이 점이 그의 시를 재미없는 것으로 되게 하지나 않는가 한번 생각해볼 필요가 있다.

남의 사생활을 들여다보고 싶어하는 호기심이 있기는 동서양이 같다. 오죽하면 서양에는 '피핑 톰' (남을 몰래 엿보기를 좋아하는 소년이라는 뜻)이라는 말이 있고, 우리나라에는 "배부른 행랑채 돌쇠보다 배고픈 뒷방 삼돌이"라는 말이 있겠는가. 남의 삶을 엿보고 싶은 마음, 어쩌면 이것이 시나 소설을 읽는 동기일 수도 있는 터로, 남의 시나 소설을 대할 때 은근히 이를 기대하는 대목이 있게 마련이다. 이 기대가 어긋났을 때 독자는 조금은 실망한다. 정희성의 시를 통독하고 나서 느끼는 것에도 이런 것이 있다.

사실 정희성의 시들을 읽고 나면 이 시인은 너무 폼을 내지 않나 하는 느낌을 준다. 좋은 것, 수지맞는 것만 골라 하고, 궂은 일에는 결코 손을 대지 않는 시인이 아닌가 하는 느낌을 준다. 더 중요한 것은 자기의 본 목소리는 따로 두고 가성을 가지고 노래하고 있는 것이 아닌가 하는 느낌마저 준다는 점이다. 비록 그가 지향하는 가장 높은 시는 아니더라도 더러는 그의 참목소리의 한가닥이 들리는 것 같기도 한 「옹기전에서」 「버스를 기다리며」 「상계동에 이사 와 살면서」 같은 시들이 더 호소력 있게 읽히는 것은 이래서다.

나는 웬지 잘 빚어진 항아리보다
좀 실수를 한 듯한 것이 마음에 들었다
아내를 따라와 옹기를 고르면서
늘 느끼는 일이지만
몸소 질그릇을 굽는다는
옹기점 주인의 모습에도
어딘가 좀 빈데가 있어
그것이 그렇게 넉넉해 보였다
내가 골라놓은 질그릇을 보고
아내는 곧잘 화를 내지만
뒷전을 돌아보면
그가 그냥 투박하게 웃고 섰다
가끔 생각해보곤 하는데
나는 어딘가 좀 모자라는 놈인가 싶다
질그릇 하나를 고르는 데도
실수한 것보다는 차라리
실패한 것을 택하니

——「옹기전에서」 전문

엄격하게 따지면 이 시도 자기고백적인 시는 아니다. 못난 것, 실패한 것에 대한 애착을 통해서 약자 편에 서 있는 자신을 드러내보이려는 숨은 의도가 전혀 없다고 보기는 어렵기 때문이다. 그러나 이 시에는 소심하고 조심스럽게 세상을 살아가는 시인의 모습이 보여서 좋다. 지사연하는 폼이 없어서 좋다.

> 주머니를 뒤지니 동전 나온다
> 100원을 뒤집으니 세종대왕 나오고
> 50원 뒤집으니 벼이삭이 나온다
> 퇴근길 버스 정거장에서 동전을 뒤집으며
> 앞에 선 여자 궁둥이도 훔쳐보며
> 동전밖에 없어 갈 곳은 없고
> 갈 곳 없어 아득하여라
> 조정에선 이 좋은 날 무엇을 할까
> 나으리들은 배포가 커서 끄떡도 않는데
> 신문에 나온 여공의 죽음을 보고
> 동전밖에 없는 제 자신도 잊은 채
> 울먹이는 못난 나는 얼마나 작으냐
>
> ──「버스를 기다리며」 부분

가난하고 초라한 소시민으로서의 그의 모습이 보다 잘 드러나 있는 시다. 더 재미있는 것은 "동전밖에 없는 제 자신도 잊은 채" 주제넘게 신문에 실린 여공의 죽음을 보면서 울먹이는 자신의 못나고 작음을 스스로 알고 있다는 점이다. 여공의 죽음을 신문에서 보면서 울먹이는 못나고 작음이 그의 시에 있다는 것을 그가 잘 알고 있음은 말할 것도 없다.

한편 20년이나 넘게 교직생활을 해왔으면서도 그의 시에서 교사의 땀 냄새와 분필가루 냄새가 나지 않는 것은, 자기고백적인 시를 여간해 쓰지 않는 그를 생각한다면, 당연한 일인지도 모르겠다. 그러나 이 점도 그가 시에서 너무 폼을 재고, 좋은 소리만 골라하며 궂은 소리는 안하려 한다는 비판을 받을 꼬투리다. 더구나 내가 아는 한 그는 누구보다도 사명감에 투철한 성실하고도 모범적인 교직자다. 오늘 같은 가치의 혼란시대, 교사가 설 땅이 없다고 흔히 말해지는 시대, 교사로서의 그의 고민이 없을 수 없다. 그런데도 시에서 교사의 그런 모습이 보이지 않는다는 것은 아무래도 잘 납득이 되지 않는다. 50여편의 시 가운데 교육을 주제로 한 시가 두 편 있기는 하지만 아마도 행사시로 씌어진 것인 듯, 누구나 알고 있는 소리, 누구나 할 수 있는 소리지, 20년 교직자 정희성의 땀과 힘으로 얼룩진 그런 시는 못된다.

그러나, 단단하고 차분함 속에 큰 외침이 들어 있는 정희성의 시를 읽는 일은 언제나 즐거운 일이다. 그리움과 기다림으로 "물 머금어 일렁이는 불빛"(「청명」) 같은 그의 시를 읽는 일은 크게 기쁜 일이다.

오늘처럼 눈보라가 치는 날이면
겨울바다가 보고 싶다는
아내의 말을 떠올리며
나는 원고를 들고 마포길을 걸어
제 이름도 빼앗긴 출판사로 간다
낯익은 이 길이 웬지 낯설어지고
싸우듯 빰을 부비듯 휘몰아치는 눈보라 속에서

나는 눈시울이 뜨겁구나
시는 아무래도 내 아내가 써야 할는지도 모른다
나의 눈에는 아름다움이 온전히
아름다움으로 보이지가 않는다
박종철군의 죽음이 보도된 신문을 펼쳐 들며
이 참담한 시대에
시를 쓴다는 것이 무엇일까를 생각한다
살아 남기 위하여 죽어 있는 나의 영혼
싸움도 사랑도 아닌 나의 일상이
지금 마포 강변에 떨어져
누구의 발길에 채이고 있을까
단 한번, 빛나는 사랑을 위해
아아 가뭇없이 사라지는
저 눈물겨운 눈발 눈발 눈발

——「눈보라 속에서」 전문

後　記

『저문 강에 삽을 씻고』를 낸 이후 십삼 년이 지났다. 힘겹게 다시 한 권의 시집을 묶으며 무언가 한마디 없을 수 없겠는데, 의외로 담담해진다. 문득 밤낚시를 드리우던 기억이 난다. 가슴이 철렁하도록 찌가 한 번 솟구쳐오르기를 기다리다가 날이 샜다. 생각하건대 내가 시를 써온 일이 이와 같았다. 작은 움직임에는 아랑곳하지 않고 언제고 그것이 커다란 감동으로 다시 찾아오기만을 기다렸다. 욕심이었다. 80년대의 처음부터 너무 큰 충격을 받아왔던 탓일까. 웬만한 일에는 놀라지 않게 되었고, 감각의 촉수는 그만큼 무뎌져 있었다. 살아오면서 모서리가 닳고 뻔뻔스러워진 탓도 없지 않으리라. 입술을 깨물면서 나는 다시 시의 날을 벼린다. 일상을 그냥 일상으로 치부해버리는 한 거기에 시는 없다. 일상 속에서 심상치 않은 인생의 기미를 발견해내는 일이야말로 지금 나에게 맡겨진 몫이 아닐까 싶다. 나는 작은 목소리로 외친다. 나의 목소리가 귓전을 때리지 않고 당신들의 당신들의 당신들의 가슴을 울리기를 기대하면서.

1991년 3월

정　희　성

창비시선 91
한 그리움이 다른 그리움에게

초판 1쇄 발행/1991년 4월 1일
초판 24쇄 발행/2025년 2월 26일

지은이/정희성
펴낸이/염종선
펴낸곳/(주)창비
등록/1986년 8월 5일 제85호
주소/10881 경기도 파주시 회동길 184
전화/031-955-3333
팩시밀리/영업 031-955-3399 편집 031-955-3400
홈페이지/www.changbi.com
전자우편/lit@changbi.com

ISBN 978-89-364-2091-8 03810

* 책값은 뒤표지에 표시되어 있습니다.